ROBERT MUSIL
am 12.4.1942 an Henry Hall Church:

»Ursprünglich habe ich Ihnen heute erzählen wollen, wie dieser Schlußband aussieht; was ich schon längst habe tun wollen. Er wird im ganzen doppelt so groß sein wie der seinerzeit vorschnell veröffentlichte erste Teil des zweiten Bandes und aus einer Unzahl von Ideen, die uns beherrschen, weil wir keine von ihnen beherrschen, die Geschichte einer ungewöhnlichen Leidenschaft ableiten, deren schließlicher Zusammenbruch mit dem der Kultur übereinfällt, der anno 1914 bescheiden begonnen hat und sich jetzt wohl vollenden wird ... Es ist schwer, diese Geschichte gut zu erzählen und dabei weder dem Sein noch dem Sinn, nicht dem Ursprünglichen noch der Zukunft etwas schuldig zu bleiben. Sie werden verstehen, daß es mich Zeit und zuweilen viel Verzweiflung kostete; aber ich glaube doch, daß ich auf rechtem Weg bin.«

CD 3

[14 Stunden, 18 Minuten]

ZWEITES BUCH

Dritter Teil

Ins Tausendjährige Reich

(Die Verbrecher)

CD 4

[12 Stunden, 48 Minuten]

ZWEITES BUCH

Dritter Teil

Ins Tausendjährige Reich (Die Verbrecher)

Modell gestanden: für sich selbst und Agathe

Martha (1874–1949), geborene Heimann, verwitwete Alexander, geschiedene Marcovaldi, verheiratete Musil. Unvollendetes Selbstporträt.

Aus Kapitel 2

»Sie hatten sich nicht zum Willkommen geküßt, sondern standen bloß freundlich voreinander, wechselten dann die Stellung, und Ulrich konnte seine Schwester betrachten. Sie paßten in der Größe zusammen. Agathes Haar war heller als seines, aber von der gleichen duftigen Trockenheit der Haut, die er als das einzige an seinem eigenen Körper liebte. Ihre Brust ging nicht in Brüstchen verloren, sondern war schlank und kräftig, und die Glieder seiner Schwester schienen die lang-schmale Spindelform zu haben, die natürliche Leistungsfähigkeit mit Schönheit vereint. …

für Martha und Ulrich

Robert Musil (1880–1942), gezeichnet von Martha. »Martha war, im Gegensatz zu Robert Musil, nicht sehr sportlich. Ihre Schwimmkünste blieben zeitlebens spärlich, sie blieb immer auf ›Schwimmhilfen‹ angewiesen. Sie mochte auch eigentlich keine ›Muskelmänner‹, wie Robert Musil nach eigenem Bekenntnis einer war, ›wenn auch ohne die ganze dazugehörige Überzeugung‹.«

Er betrachtete, während sie sprach, noch einmal ihr Gesicht. Es kam ihm nicht sehr ähnlich dem seinen vor; aber vielleicht irrte er, es mochte ihm ähnlich sein wie ein Pastell einem Holzschnitt, so daß man über die Verschiedenheit des Materials das Übereinstimmende der Linien- und Flächenführung übersah. Dieses Gesicht beunruhigte ihn durch irgend etwas. Nach einer Weile kam er darauf, daß er einfach nicht erkennen konnte, was es ausdrückte. Es fehlte darin das, was die gewöhnlichen Schlüsse auf die Person erlaubt. Es war ein inhaltsvolles Gesicht, aber nirgends war darin etwas unterstrichen und in der geläufigen Weise zu Charakterzügen zusammengefaßt.«

»In den ersten Kapiteln des 2. Buches verarbeitete Musil die familiären Ereignisse des Jahres 1924, den Tod der Eltern. Auch die Spaziergänge in der Umgebung Brünns wurden literarisches Sujet, Schauplatz für ›heilige Gespräche‹, für Bildungsgespräche, die manche für eine Schwäche des polyhistorischen Romans … halten, ›als seien solche ›Dialoge‹ nicht am Platz, wo der Wind bläst und Bäume stehn‹ – so Musils Entgegnung.«

Aus Kapitel 10

»Die Geschwister hatten bei den letzten niederen und schon ganz dörflichen Häusern an der Stadtgrenze den Wagen verlassen und wanderten auf einer zerfurchten, breiten, lang ansteigenden Landstraße, deren gefrorene Radspuren unter ihren Füßen zu Staub zerfielen, bergan. Ihr Schuhwerk hatte sich bald mit dem elenden Grau dieses Kutscher- und Bauernparketts bedeckt, das sich von ihrer eleganten städtischen Kleidung widerspruchsvoll abhob, und obwohl es nicht kalt war, blies ihnen von oben ein sehr scharfer Wind entgegen, worin ihre Wangen zu glühen begannen, so daß eine gläserne Sprödigkeit den Mund am Sprechen verhinderte.«

CD 4 TRACK		Frisé-Ausgabe von 1978
156–160	36. Ein großes Ereignis ist im Entstehen. Wobei man Bekannte trifft	1002
161–164	37. Ein Vergleich	1014
165–173	38. Ein großes Ereignis ist im Entstehen. Aber man hat es nicht gemerkt	1022

Aus dem Nachlaß

In Druck gegebene,
in den Korrekturfahnen weiterbearbeitete
und wieder zurückgezogene Kapitel:

174–175	39. Nach der Begegnung	1045
176–179	40. Der Tugut	1049
180–181	41. Die Geschwister am nächsten Morgen	1056
182–183	42. Auf der Himmelsleiter in eine fremde Wohnung	1061
184–186	43. Der Tugut und der Tunichtgut. Aber auch Agathe	1066
187–190	44. Eine gewaltige Aussprache	1072
191–193	45. Beginn einer Reihe wundersamer Erlebnisse	1081
194–198	46. Mondstrahlen bei Tage	1087

Kapitelentwürfe in korrigierter Reinschrift,
an denen Musil in seinen beiden letzten
Lebensjahren arbeitete:

199–202	47. Wandel unter Menschen	1204
203–207	48. Liebe deinen Nächsten wie dich selbst	1211
208	49. Gespräche über Liebe	1219
209–210	50. Schwierigkeiten, wo sie nicht gesucht werden	1220
211–214	51. Es ist nicht einfach zu lieben	1223
215–218	52. Atemzüge eines Sommertags	1232
219–223	61. Atemzüge eines Sommertags (Variation)	1324
224–225	61a. (früherer, z.T. gestrichener Schluß)	
226–231	62. Das Sternbild der Geschwister oder Die Ungetrennten und Nichtvereinten	1337
232–234	63. Versuche, ein Scheusal zu lieben	1349

CD 4
TRACK

Anhang

Nachgelassene Fragmente:

Brief:

»Musils hatten ein Haus im Genfer Vorort Champel bezogen, das wir Vogelbauer nannten, da es aus mehreren kleinen Zimmern bestand, von denen jedes ein Stockwerk bildete.«

Aus Kapitel 52

»Ein geräuschloser Strom glanzloser Blütenschnees schwebte, von einer abgeblühten Baumgruppe kommend, durch den Sonnenschein; und der Atem, der ihn trug, war so sanft, daß sich kein Blatt regte. Kein Schatten fiel davon auf das Grün des Rasens, aber dieses schien sich von innen zu verdunkeln wie ein Auge. Die zärtlich und verschwenderisch vom jungen Sommer belaubten Bäume und Sträucher, die beiseite standen oder den Hintergrund bildeten, machten den Eindruck von fassungslosen Zuschauern, die, in ihrer fröhlichen Tracht überrascht und gebannt, an diesem Begräbniszug und Naturfest teilnahmen. Frühling und Herbst, Sprache und Schweigen der Natur, auch Lebens- und Todeszauber mischten sich in dem Bild: die Herzen schienen stillzustehen.«

Die Überzeugung und das Wissen um die Bedeutung seines Werkes

»Dabei war er das Gegenteil eines nüchternen, kalten Menschen; er war so empfindsam, daß er, um bestehen zu können, einen Hornpanzer von Gleichgültigkeit um sich legen mußte. Zu diesem Schutz gehörten die Überzeugung und das Wissen um die Bedeutung seines Werkes... Die widrigen Verhältnisse haben vieles vom eigentlichen Charakter Musils verdeckt. Äußerlich war er ein gut aussehender Mann mit einer kräftigen und proportionierten Figur. Berufsoffizier und Gelehrter ergaben eine seltene Mischung. Seine Haltung war altösterreichisch, kavaliersmäßig nobel, der Schädel und der Körperbau typisch slawisch, ein breiter Hals, dem ein feiner, müde wirkender Kopf aufgesetzt war. Jeder Morgen begann mit gymnastischen Übungen. Alles in seinem Tagesablauf war geordnet, beginnend bei den Bleistiften, die in Reih und Glied wohlgespitzt und griffbereit auf dem Tisch lagen. Ein Arbeitsbeginn ohne den peinlich genauen Kult der äußerst umständlichen Toilette, zu der eine aalglatte Rasur gehörte, war undenkbar. Ebenso undenkbar war irgendwelche Nachlässigkeit in der Kleidung. Die Ästhetik in der Erscheinung war ein Teil seiner Person. Die Akkuratesse und Noblesse seines Auftretens waren mir bei der Kleinheit seiner Mittel zuerst ein Rätsel. Später habe ich erfahren, daß es Anzüge und Wäsche aus der Berliner Zeit waren, die er mit großer Sorgsamkeit trug.«

Aus dem Anhang

»Ich kann nicht weiter ... Ich besaß vor der Inflation ein Vermögen, das es mir in bescheidener Weise gestattete, meiner Nation als Dichter zu dienen. Denn die Nation selbst gestattete mir das nicht in der Weise, daß sie meine Bücher gekauft hätte. Sie las sie nicht. Aber einige Tausende oder Zehntausende lasen allerdings meine Bücher und sie brachten mich in den Ruf, den ich besitze. Dieser wunderliche Ruf! Er ist stark, aber nicht laut. Ich bin oft gezwungen worden, über ihn nachzudenken, er ist das paradoxeste Beispiel von Dasein und Nichtdasein einer Erscheinung.

Es ist nicht der große Ruf, den Schriftsteller genießen, in dem sich der Durchschnitt (wenn auch verfeinert) spiegelt, es ist nicht der Spezialistenruf der literarischen Konventikelgröße. Ich wage von meinem Ruf (nicht von mir) zu behaupten, daß er der eines großen Dichters ist, der kleine Auflagen hat. Es fehlt ihm das soziale Gewicht.«

Am liebsten wäre mir, ich würde
am Ende einer Seite mitten in einem Satz
mit einem Komma aufhören.

Robert Musil

Albrecht Schöne, *das Musil-Zitat aufgreifend:* Diesen Optativ hat sein Tod für den Roman als ganzen erfüllt. Er vollstreckte das Urteil, das der Text enthielt. Denn nur auf solche Weise konnte es wohl gelingen, im *Mann ohne Eigenschaften* den Menschen wirklich in seiner Vorläufigkeit zu bewahren, ihn zu zeigen als den potentiellen Menschen... Die unabgeschlossene, offene Form des großen Romanfragments erscheint hier als die wahrhaft angemessene und vollkommene.

Loredana Marini: Nach einer unglücklich gewählten Metapher – der Tod, stilgerecht inszeniert, erweist sich letztlich als der wahre Künstler, indem er die Vollendung des Torsos zu verhindern weiß – stellt Schöne die Behauptung auf, daß der utopische Entwurf des *Mann ohne Eigenschaften* seine Vervollkommnung *nur* im gleichsam verlängerten Arm des wirklichen, zufälligen Geschehens finden konnte. Von der beinahe tragischen Ironie abgesehen, welche diese Behauptung ausgerechnet in bezug auf Musil beinhaltet, wird hier das vom Autor unabsichtlich hinterlassene Fragment als vollendete künstlerische Form hochstilisiert... Anstatt die Abgeschlossenheit eines Werkes zu rühmen, feiert man jetzt dessen »Offenheit«.

Jean-François Peyret: Soll man also in Musils literarischer Produktion ein Opfer jener »geheimnisvollen Zeitkrankheit« sehen, die im *MoE* durch die Metapher »wie wenn Fäden aus einem Knäuel herausfallen« umschrieben ist? Gewiß, und dies genügt, um zu zeigen, daß der fragmentarische Charakter des Romans für ihn konstitutiv ist und nicht erst am Ende des Romans greifbar wird, als ob ihm noch ein Stückchen fehle. Nicht ein Endstück fehlt ihm, sondern ein Mangel an Abgeschlossenheit durchzieht ihn von Anfang an – nicht als zufälliges, sondern als notwendiges Merkmal. Wir haben es fast mit einem ontologischen Fragmentcharakter zu tun – einem Fragment aus Liebe zur Perfektion.

Maurice Blanchot: Wieder einmal ein ungeheures, ein unvollendetes und nicht vollendbares Werk! Wieder einmal der überraschende Anblick einer Prachtruine. Vielleicht ist es uns besonders lieb, einen verkannten Autor und ein unbekanntes ›Meisterwerk‹ mit einem Schlag aus dem Dunkel treten zu sehen, mit dem Wissen, daß sie sozusagen nur darauf gewartet haben.

Marcel Reich-Ranicki: Der vage Plan, das Ganze ohne einen rechten Abschluß abzubrechen, zeugt von Musils Ratlosigkeit, wenn nicht von der Kapitulation eines Autors, der keinen Ausgang aus dem von ihm geschaffenen Chaos finden konnte.

Adolf Frisé: Die mit »Ulrichs Nachwort, Schlußwort« gegebenen Aspekte werden bei der Suche nach den Motiven, warum Musil den *Mann ohne Eigenschaften* unvollendet ließ, ohne Frage weiter in der Diskussion bleiben. Für uns aber hatte sich die Frage gestellt, was Musil dazu gebracht haben mochte, daß er kaum drei Monate später, ohne Ahnung des ihm so nahen Todes, seinen auf einmal zur Instanz erhobenen Freund aus den USA teilhaben ließ an der wiedergewonnenen Gewißheit von der auch erzählerischen Sinnerfüllung des Romans... Schließen freilich ließe sich, es könne nach diesem, Church in letzter Stunde zugedachten, einem wohlüberlegt formulierten, auch geradezu optimistisch gestimmten Brief keinesfalls noch davon die Rede sein, daß der Charakter des Fragments, gleichsam naturhaft, im Roman selbst angelegt gewesen sei.

Loredana Marini: Urheber der These, wonach der *Mann ohne Eigenschaften* den Fragmentcharakter sozusagen als genetischen Fingerabdruck in sich trage, scheint der italienische Essayist Italo Chiusano gewesen zu sein.

Adolf Frisé: Gegen Ende Januar [1942] die Auflösung des Romans in zersplitternde Einfälle, Reflexionen, die Entscheidung für den Aphorismus als die in der veränderten Situation allein noch legitime

Ausdrucksform, der Gedanke, daß damit der Band I des Romans, die vielädrige Erzählung aus der kakanischen Welt, als liquidiert zu verstehen sei, und kurz vor der Mitte des Monats April das erneute, von jeglichem Skrupel erlösende Bekenntnis zu der Struktur, die dem Roman einmal bestimmt war… Das Unabgeschlossene oder die Unabschließbarkeit als Ausdruck der Größe, das Nichtvollendete als Indiz für die formal nicht ein- und begrenzbare Vielfalt, ja Unendlichkeit der in das Werk einbezogenen und permanent einbeziehbaren tatsächlichen wie der vorstellbaren Wirklichkeiten. Claudio Magris nannte … den *Mann ohne Eigenschaften* »jenes stets im Werden begriffene totale Buch und jenen nie erschöpften Katalog, die das Werk Musils ausmachen, oder besser, das in die endlose Schrift eingegangene unaufgelöste Leben«, und es heißt bei Magris weiter: »Diese Öffnung macht … aus dem *Mann ohne Eigenschaften* die größte Enzyklopädie der modernen Kultur, eine deswegen vollständige Enzyklopädie, weil sie unbegrenzt, fragmentarisch und unabgeschlossen ist.« Eine bestechende Interpretation. Der Neugier, wie der Roman hätte zu Ende geführt werden sollen, wird mit ihr ebenso eine Absage erteilt wie dem Versuch, Musil auf eine für ihn unumstößlich letzte Konzeption festzulegen.

Marcel Reich-Ranicki: Ist es zweckvoll oder auch nur zulässig, Erzählendes, auf welchem Niveau auch immer, bloß als Einkleidung für Reflexionen und Spekulationen, für Philosophisches zu verwenden? Haben wir es hier – muß man weiter fragen – vielleicht mit einem Mißbrauch, und zwar mit einem extremen und eklatanten Mißbrauch der Romanform zu tun? Als sich Musil nach Jahrzehnten konzentrierter Arbeit dieses Mißbrauchs bewußt wurde, war es viel zu spät. Hier, immerhin, kann man der Musil-Forschung ohne Einschränkung zustimmen: Der Roman konnte nicht abgeschlossen werden, Musil mußte scheitern.

Jean-François Peyret: Fragmentarisch, lückenhaft, defizient, wringt dieser unvollendete Roman die Gesetze des Romanschreibens aus wie ein nasses Wäschestück – und trotzdem haben eine Reihe von Lesern und Interpreten jahrelang den Versuch gemacht, ihn abzuschließen, denn der Druck der Signifikaten ist mächtig. »Abschluß« war die Devise… Ein Text ohne Einheit? – Kein Problem, geben wir ihm eine, am besten eine nach Maß geschneiderte! Der Text verzweigt sich nach allen Richtungen, springt auseinander, schwankt zwischen Roman und Essay, ist an der Grenze der Auflösung? – Keine Sorge, wir geben ihm schon eine Richtung, so gerade wie möglich, wir kleben die Stückchen wieder zusammen, bringen die Sache wieder in Ordnung und reihen sie in unseren Kodex ein.

WERNER FULD: Natürlich konnte der Roman nicht etwa deswegen nicht vollendet werden, weil der Autor ein zu langsamer Arbeiter war, sondern Musil arbeitete deswegen so langsam am Roman, weil er ihn nicht vollenden konnte ... Wie hilflos unpolitisch Musil auch immer war, so wußte er doch, daß der Prozeß der Entwertung des Individuums, der Ulrich den Kontingenzschock, jenes *Gefühl der Zufälligkeit seiner Existenz*, vermittelte, von den Nazis zwar perfektioniert worden war, aber noch nicht an seinem Ende angelangt war. Er wußte es, obwohl er in seiner Schweizer Isolation keine Ahnung hatte von den Vernichtungslagern ... Hätte Musil, diese Hypothese sei erlaubt, noch von Auschwitz oder von Hiroshima gewußt: sein Roman wäre beendet worden. Hier war jene von ihm erwartete historische Zäsur, die den Rückblick auf die Moderne nicht nur erlaubt, sondern gefordert hätte.

MARCEL REICH-RANICKI: Man sollte Musil nicht verdächtigen, ihm sei entgangen, daß die Zeitläufte nicht für, sondern gegen sein episches Vorhaben arbeiteten. Ausdrücklich sagte er: *Der Mann ohne Eigenschaften* sei »ein aus der Gegenwart entwickelter Gegenwartsroman gewesen« und »unter der Hand ein historischer Roman geworden«.

MAURICE BLANCHOT: Er gibt sich keinem Zweifel darüber hin, daß er in den letzten zehn Jahren – rund gerechnet – Wandlungen durchgemacht hat, und zwar nicht nur der Ereignisse wegen, sondern im Zusammenhang mit seinem Werk, das sich gleichfalls wandelt, während er ihm hartnäckig und zögernd auf der Spur bleibt, indem er schlecht und recht an den Grundzügen des ursprünglichen Plans festhält (die jedoch häufig genug abgeändert werden). Ich glaube, man darf nicht die tiefe Verstörung übersehen, die dieses Buch, das er nicht mehr völlig beherrscht, das sich ihm widersetzt und dem er trotzt, in ihm anrichtet, denn sein Trotz will ihm einen Plan aufzwingen, der möglicherweise nicht mehr zu ihm paßt. Sein plötzlicher Tod, auf den er nicht gefaßt war, da er sich noch eine weitere Frist von zwanzig Jahren setzte, ereilt ihn so im unheilschwangersten Augenblick des Krieges und seiner künstlerischen Aufgabe.

Karl Corino: Es ist in der Musil-Forschung unzählige Male gerätselt worden, weshalb sich Musil in rund 20 Jahren Arbeit außerstande zeigte, den Roman zu beenden, weshalb er immer stärker ins Theoretisieren kam, immer neue essayistische Kapitel einschob – mit dem Exzeß der Kapitel über Gefühlspsychologie in den Druckfahnenkapiteln von 1938. Eine endgültige, alle Fragen beantwortende Lösung wird es wahrscheinlich nicht geben, es seien indes einige Mutmaßungen gestattet. Fritz Wotruba, als Künstler vielleicht mit mehr Hellsicht ausgestattet als andere Zeitgenossen, wies in seiner »Erinnerung an Musil« auf den »Verlust des sinnlichen Lebens« hin, den er bei Musil im Wien der dreißiger Jahre feststellte und für den auch »ein einzigartiges Werk keine Entschädigung« biete ... Es ist bezeichnend, wie sich Musils Leben nur noch auf der Ebene des Tagtraums, der Phantasie abspielt und schließlich in eine theoretische Fragestellung mündete. Er verweigerte die Berührung mit der Realität und mit den Modellen seiner Figuren ... Die Welt drehte sich weiter, und die Modelle seiner Figuren alterten, legten neue, vielleicht problematische Züge an den Tag.

Jean-François Peyret: Die Musilschen Personen dürfen nicht als wirkliche Personen aufgefaßt werden, sondern als mögliche. Aus diesem Grund haben sie Existenzschwierigkeiten, d. h. die Schwierigkeit, sich in einen Erzählvorgang zu integrieren, und aus demselben Grund hat der Romanautor auch die Schwierigkeit, das Künftige vorherzusehen.

Philippe Jaccottet: Lauter Möglichkeiten, die ihrer Mitte verlustig gegangen sind, das ist Ulrich. Eisenstaub, dem ein Magnet fehlt, um zu etwas Festem zusammenzuschießen. Was Ulrich sucht, ist eine Art Magnet; ihn verlangt nach einem innigen Zusammenhalt und nicht nach dieser von außen auferlegten Ordnung (Tradition, Gesetz, Vorschriften), die die leicht bestimmbaren Menschen hervorbringt, jene, die einen Titel tragen und sich in jede beliebige Gesellschaft eingliedern.

Jean-François Peyret: Wenn man aber den *MoE* als einen »möglichen« Roman bezeichnet, kann man trotzdem nicht erwarten, er ließe sich wie ein Mobile vom Leser nach Belieben zusammensetzen oder auseinandernehmen. Es gibt hier keine begrenzte Anzahl von narrativen Elementen, aus denen, je nach der Weise, wie man sie miteinander kombiniert, beliebige Romane entstehen. Der Trick des Romanciers, der darin besteht, dem Leser mehrere Romane als einen einzigen zu verkaufen, interessiert Musil nicht. Es ist hinfällig, zeigen zu wollen, daß man mit einer Anzahl von Elementen *sukzessiv* mehrere Romane montieren kann – für Musil ging es vielmehr darum, die Koexistenz möglicher Elemente herbeizuführen. Der Schreibvorgang stockte deshalb, weil der Autor eine Reihe von Elementen nicht ausscheiden wollte – und das hat nichts mit strukturalistischer Montagetechnik zu tun.

Philippe Jaccottet: Hier nun gilt es, die Einwände zu berücksichtigen, die Ernst Kaiser, der englische Übersetzer Musils, gegen den deutschen Herausgeber erhoben hat. Seiner Ansicht nach ist es auf Grund des handschriftlichen Nachlasses ... unzulässig, auf die Garten-Kapitel (die aus Musils letzter Zeit stammen) einen so weit zurückliegenden Entwurf wie die »Reise ins Paradies« folgen zu lassen, da auf einen so reinen Zustand der Liebe nicht dieses Abenteuer [eines Inzests] folgen dürfe, das, wie er meint, der in jenen Kapiteln erreichten Höhe unwürdig sei. Es schien mir angezeigt, auf diese Zeitunterschiede der Niederschriften hinzuweisen und daran zu erinnern, daß die sogenannten Garten-Kapitel eine bedeutende Höhe der Vollendung erreicht haben, während alles, was die »erste Wirklichkeit«, die Geschichte, die Handlung betrifft, von Musil, hier gegen Ende des Buches, im Zustand des Entwurfs hinterlassen wurde. Man geht demnach wohl nicht zu weit, wenn man aus diesem Umstand den Schluß zieht, dass ihm selber an den »heiligen Gesprächen« mehr gelegen war als an der weiteren Entwicklung seiner Helden bis zum Vollzug des Inzests und zu ihrem Scheitern.

Jean-François Peyret: Im zweiten Teil des Buches wird Musils Schreibweise problematischer und scheint blockiert durch die verschiedenen Möglichkeiten der Fortsetzung des Romans, ohne zur Vollendung zu kommen. Die Frage, ob ein Inzest stattfinden solle oder nicht, muß offen bleiben: Inzest oder Unterbleiben des Inzestes zwischen Ulrich und Agathe – beides ist möglich.

PHILIPPE JACCOTTET: Es ist unverkennbar, daß mit den sogenannten Garten-Kapiteln eine neue, tiefere Dimension erreicht ist. (Garten-Kapitel, weil sie in dem kleinen Park spielen, der zu Ulrichs Stadthaus gehört; und es heißt wohl kaum zu weit gehen, wenn man in ihnen auch den Genfer Garten wiedererkennt, in welchem Musil die schwierigen letzten Lebensjahre, gemeinsam mit der bewundernswürdigen Martha, verbracht hat.) Die Sucher nach dem Absoluten bedürfen hinfort keiner aufregenden Reise über das Gebirge, keiner Insel mehr, um Ulrich von dem Rest der Welt zu trennen. Jetzt genügen dieses Gartengitter, hinter dem der Strom der Passanten vorbeizieht, diese Blumen, diese Bäume, welche die Zeugen, die stummen Bürgen eines Geheimnisses zu sein scheinen, das alle Erkenntnis übersteigt. Der dichte Glanz, der heitere Atem dieser Kapitel, ihr glücklicher Ernst lassen allein schon einleuchtend werden, daß Musil hier die Mitte seiner selbst erreicht: daß er, seiner Lieblingswaffe (der Analyse, der Ironie) beraubt, endlich den Sieg behauptet (als wären die eigenen Waffen seine gefährlichsten Gegner gewesen). Was aber ist das für ein Sieg, der ohne Trompetenstoß aus der Erde des Gartens aufsteigt wie ein Baum im Frieden des Lichtes? Und darf dies wirklich ein Sieg heißen?

JEAN-FRANÇOIS PEYRET: Der *MoE* ist kein Roman, der dem Typus entspricht, aber doch ein Roman: Warum versucht Musil denn, einen Roman zu schreiben …? Welche Konsequenzen hat es für die literarische Produktionsweise im 20. Jahrhundert, was Musil an seinem Schreibtisch jahrzehntelang ausbrütet? Wenn man Licht in diese Frage bringen könnte, wüßte man vielleicht auch, wozu dieses Buch gut ist und welchen Gebrauch man davon machen kann. Wenn man schon unbedingt von Aktualität sprechen will, dann müßte man den *MoE* insofern als aktuell sehen, als er die Frage nach seinem Gebrauch mehr in den Vordergrund stellt als die nach seinem Sinn und auch darin, daß er kein fertiges Werk ist, sondern ein Vorgang, und, wenn man so sagen will, »a work in progress«.

Textmontage von Ekkehard Kunze

»Leicht bleiben und sich selbst und das Material freudig überraschen«

Wolfram Berger im Gespräch
mit Cornelia Niedermeier

Cornelia Niedermeier: Wer kommt eigentlich heute noch auf die Idee, über sechzig Stunden »Mann ohne Eigenschaften« für den Rundfunk einzuspielen?

Wolfram Berger: Die Idee stammt von dem Musil-Forscher Karl Corino. Die Untersuchung des »Mann ohne Eigenschaften« war ja ein Teil seines Lebenswerks. Und im Zuge seiner Arbeit daran hat er sich zu diesem Monsterprojekt entschlossen: in Zusammenarbeit mit dem Hessischen Rundfunk den »Mann ohne Eigenschaften« ganz aufzunehmen. Und Zweitausendeins hat dann beschlossen, die Sendungen in der MP3-Technik als Hörbuch herauszubringen. Was den Hörern ermöglicht, stundenlang in den Roman eintauchen zu können, ohne auch nur eine CD zu wechseln.

Eine verblüffende Hör-Erfahrung. Als Musil-Leser fragt man sich, wie die überwiegend essayistische Gedankenwelt des Romans als Hör-Text über so viele Stunden trägt.

Es ist durch das Hören offenbar vielen Menschen leichter geworden, trockene Passagen des Textes aufzunehmen – anscheinend auch durch meine Reaktion auf den Text. Man hört die Sätze anders: Wenn zum Beispiel der General philosophiert, liest man die Gedankengänge – wenn man aber dazu hört, wie er sich abplagt mit dem Denken, kann der gleiche Text sehr lustig werden.

Was erstaunt, ist genau diese sinnliche Präsenz, die der Roman in Ihrer Interpretation gewinnt. Wie haben Sie sich auf diese unglaubliche Lesung vorbereitet?

Jetzt muß man wohl sagen: Ich habe jahrelang daran gearbeitet. Ich habe Sekundärliteratur gewälzt, viele Berater hinzugezogen. Ich habe oft geträumt von dem Text. Ich habe mich geplagt. – Nein. Ich lese gern vor Mikrofon. Und je schwieriger ein Text ist, desto wacher werde ich. Vor allem, wenn ich vom Blatt lese. Daher habe ich nicht an jedem Satz gearbeitet, sondern mir jeweils vor der Lesung einen Überblick verschafft über den Verlauf des Kapitels, der Personen. Ich nütze im Gegenteil mein Erstaunen über den Verlauf des Textes aus, bringe das in die Lesung ein.

Die Neugier?

Ja. Der Erzähler wird gleichzeitig zum Beobachter, zum Entdecker. Bei dieser Grundierung habe ich gleichzeitig festgestellt, daß es mir Spaß macht, in ein Kapitel, das »Moosbrugger tanzt« heißt, mit einer anderen Grundfarbe einzusteigen, als wäre etwa der General die Hauptperson. Oder Ulrich, oder Arnheim. Bei Moosbrugger zum Beispiel kann etwas seltsam Bedrohliches, Gefährliches mitschwingen. Jede Figur hat eine »andere Luft«, schwül oder trocken.

Ein Tanz der Stimme mit den Figuren?

So konnte ich mit dem festgeschriebenen Text improvisieren. Da spielt auch die lange Zeit eine Rolle. Man hat Gelegenheit, die Figuren komplexer werden zu lassen, sie verschieden auszuleuchten. Einmal liegt Moosbrugger auf einer Wiese in der Sonne, ein andermal in einem vierzehn Stock tiefen Keller. Oder Clarisse. Wenn sie ans Fenster geht, und es trifft ein Sonnenstrahl sie ins Auge, der sie irritiert – dann ändert sich die Stimmung des Kapitels, verändert sich das Licht. Solche Bilder entstehen in mir und sie schwingen mit.

Hat sich Ihr Verhältnis zu den Figuren und zu Musil beim Lesen verändert, entwickelt?

Die Annäherung an die Figuren war oft faszinierend – und manchmal auch bedrückend. Wenn man zu lange in manche muffigen Atmosphären eintaucht – etwa die Beziehung von Walter und Clarisse, solche Gefangenheiten –, da möchte man bald wieder heraus. Oder man möchte ihnen einen Tritt geben: Hört auf, euch zu quälen, mit dieser Grübelei! Ich konnte das Buch dann ja gottseidank weglegen. Die mußten weiterleben.

Wie erging es Ihnen mit Ulrich, dem Mann ohne Eigenschaften, selbst?

Ulrich ist zwar die Hauptfigur. Oft aber erlebt man die Situationen gewissermaßen in seiner Subjektive, wie man im Film sagen würde.

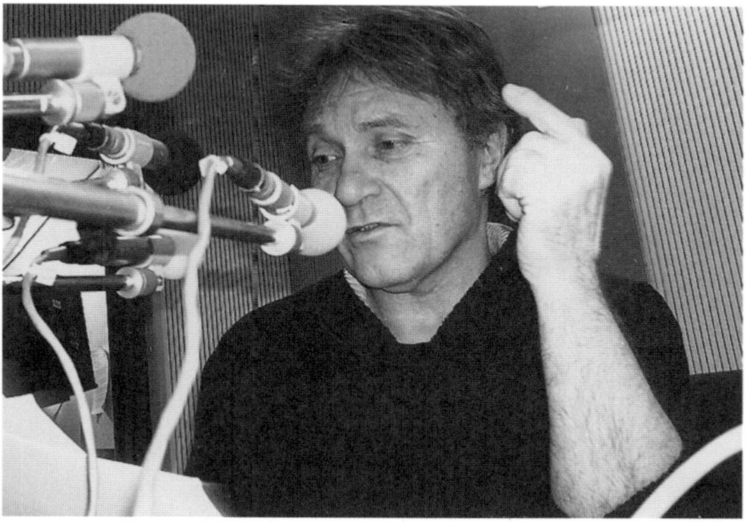

Dadurch bleibt er selbst der Undeutlichste. Er steht allein da mit einem Haufen an Umgebung.

Und Ihr Verhältnis zu Musil?

Was ich im Lauf des Lesens sehr schätzen lernte, ist Musils Genauigkeit. Oft wird ein Gedanke zum fünften Mal variiert. Wobei man erkennt, daß es wichtig war, auch die vier anderen Varianten zu lesen. Und immer eine neue Facette dazuzugewinnen.

Vor allem aber haben Sie Musils Grazie für uns entdeckt. Jene schwingende Leichtigkeit, die man bei Musil nicht vermutet hätte.

Es war schon immer mein Wunsch, auf der Bühne leicht zu sein. Als ich einen Sohn bekommen durfte, habe ich den Autor H.C. Artmann gefragt – ich wollte ihn nicht taufen lassen –, was sollen wir machen? Du bist doch ein alter Schamane. Da hat er gesagt: »Macht es in heiterer Gelassenheit.« Und diese heitere Gelassenheit versuche ich in alle meine Darstellungen hineinzukriegen.

Die Gelassenheit auch einer souveränen Distanz zum Text.

Wenn man dem Text völlig erliegt, ist man kein Partner mehr. Wenn man sich ihm unterordnet ebenso wenig, als wenn man ihn dominiert. Beides Fehler, die am Theater häufig passieren.

Der Text als Partner – ein schöner Gedanke.

Ich habe einmal den Arnulf Rainer gespielt, in der »Malstunde« von Brigitte Schwaiger. Der sagt an einer Stelle: »Die kleinen Ästchen dürfen nicht abgeschnitten werden. – Leicht bleiben und sich selbst und das Material freudig überraschen.« Das gefällt mir.

Musil offenbar auch.

Ja. Er reagiert darauf. Hätte man sich dem hochintellektuellen Text ein weiteres Mal hochintellektuell genähert, wäre er wohl zu trocken geworden. So erwacht eine andere Seite. Da kommen die kleinen Ästchen zum Blühen.

Eine andere Körperlichkeit. Musil verjazzt. Eine unerwartete Begegnung.

Es war schon immer mein Bestreben, ein Jazz-Schauspieler zu sein. Das Instrument zu beherrschen und offen zu sein, zu reagieren. In unterschiedlichsten Lebenslagen, Räumen und Temperaturen. Sich gegenseitig mit dem Theater zu animieren. Zu improvisieren, sich aufeinander einzulassen. Auf die anderen Mitspieler – oder das Publikum, den Text, die Situation. Sich inspirieren zu lassen vom Augenblick. Wie Pasteur einmal formuliert hat: »Der Zufall begünstigt nur den vorbereiteten Geist.«

Der Schluß ist nur eine Möglichkeit

Zur Hörfassung von Musils Mann ohne Eigenschaften

Mitte Jänner 1942 hatte Robert Musil den Einfall, den *Mann ohne Eigenschaften* »irgendwie abzuschließen«, »ein Nachwort, Schlußwort Ulrichs zu schreiben«. Der gealterte Ulrich hätte den Zweiten Weltkrieg miterlebt und »von heute aus« rückblickend »seine Geschichte«, also auch den Vorabend des Ersten Weltkriegs, reflektiert. Musil spielte sogar mit dem Gedanken, die Figur Ulrich in der Manier der Romantiker oder nach der Ironie Pirandellos über den Autor selbst schreiben zu lassen. Dann hätte Musil seine umfangreiche Aphorismensammlung in das Buch einbauen können, wäre Ulrich am Ende Schriftsteller geworden, wäre der *M.o.E.* ein Bildungs- oder Künstlerroman geworden. Hätte, wäre, sollte; es blieb beim Konjunktiv.

Musils Zeitgenosse Marcel Proust, dessen *Suche nach der verlorenen Zeit* immer wieder mit dem *M.o.E.* verglichen wird, setzte dagegen einfach den Indikativ. Er schrieb, noch bevor er andere Bände seiner *Recherche* vollendet hatte, den letzten Band *Die wiedergefundene Zeit* und schloß so seinen Romanzyklus erst einmal ab. Für Proust war es eine reine Vorsichtsmaßnahme, denn er hatte schon früh Angst vor dem Tod und wollte sein Romanwerk wenigstens in der Konstruktion als Ganzes wie eine gotische Kathedrale erscheinen lassen, an der er im Detail ja immer weiter bauen und anbauen konnte.

Robert Musil indessen hoffte, 80 Jahre alt zu werden, wie seine Frau Martha drei Wochen nach seinem Tod versicherte. »Ich glaubte, er wollte mir einen Schreck einjagen, so lebendig u. spöttisch sah er aus«, konstatierte Martha, als sie ihren 61jährigen Mann am 15. April 1942 tot im Bad fand. Mort subite. Hirnschlag lautete die Diagnose. Obwohl er Kettenraucher war, hielt er sich sportlich fit. »Eine elastische Unbestimmtheit, die sich zu allem fähig fühlt«, verschrieb er seinem Ulrich – und sich selbst. Als geistige Haltung führte diese Elastizität zum Essayismus und schließlich zu einer Art Möglichkeitszwang, zum ständigen Überarbeiten und »Liquidieren« von bereits abgeschlossenen Kapiteln, ja Büchern, zu Absichtserklärungen, zu

Entwürfen und Fragmenten, zum Verwerfen von Druckfahnen und zu Verwerfungen mit den Verlegern – zum modernsten Roman des 20. Jahrhunderts als »unabgeschlossenem Projekt« (Jürgen Habermas).

Ein Hörfunkprojekt kann jedoch nicht die Finessen und philologischen Konjekturen, die Berge an Sekundärliteratur sowie die Varianten einer kritischen Ausgabe, die im übrigen noch nicht einmal vorhanden ist, nachzeichnen. So mußte für das Hörfunkvorhaben von Hessischem Rundfunk (hr2) und Radio Berlin-Brandenburg (rbb) rein pragmatisch und möglichst hörerfreundlich ein Abschluß gefunden werden. Wo aber ein Ende setzen?

Der Zufall will es, daß Robert Musil an seinem Todestag noch eine Kapitelfolge überarbeitete, die mit dem 47. Kapitel »Wandel unter Menschen« beginnt (nach der Referenzausgabe der Hörfunkproduktion: *M.o.E.*, Taschenbuchausgabe, hg. von Adolf Frisé, 1981; Bd. II, S. 1204–1239) und dem wohl schönsten Kapitel des Romans, mit »Atemzüge eines Sommertags« endet – mit dem »Reich Gottes auf Erden«, dem »Reich der Liebe«, das Musil in der mystischen Tradition als »Tausendjähriges Reich« verstand.

Daran anschließend haben wir eine frühere Überarbeitung dieses 52. Kapitels angefügt, das nahtlos an die Gedanken – und sogar an den Satzbau anschließt (das 61.–63. Kapitel, Bd. II, S. 1324–1356). Darin unterhalten sich die Geschwister Ulrich und Agathe über die Liebe. Sie kommen zu dem Schluß, daß nur *die* Liebe wahr, vollkommen, richtig sei, die von der Selbstliebe ausgehe. Nur wer sich selbst liebt und leidet, kann auch andere lieben und leiden, kann *gut* sein. So erschließt sich im letzten Kapitel auch der Name von Agathe. Denn griechisch *agathos* heißt »gut«, »edel«, »vortrefflich«. Übrigens: Die einzig Gute in Jean Cocteaus Inzestroman *Les enfants terribles* heißt auch Agathe.

Mit der Utopie vom guten und richtigen Leben und dem Todestag des Autors endet ein Lebenswerk. Mit der Andeutung einer Versöhnung von Mann und Frau, von Verstand und Gefühl, in einem »Doppelwesen«, das an die androgyne Utopie von Platon erinnert, aber dessen Asexualität in der Versuchung des Inzests heimlich erotisch überstrahlt. »Bis ins letzte eins zu sein und zu zweien mit einer Seele leben.« Und diese Vereinigung nicht als Wirklichkeit, sondern als Gleichnis hinzunehmen.

Von diesem natürlichen – und schönen – Schluß ausgehend, galt es, die Kapitel einzufügen, die in die vorausgehende Geschichte und Entwicklung der Figuren passen. Es ging also darum, den Gedankengang zu Ende zu führen, der mit einem unschlüssigen »je nachdem wie es kam« (Bd. II, S. 1239) unterbrochen wurde. Agathes Aufruf »Laß uns etwas Gutes tun!« (Bd. II, S. 1355) setzt so ein anti-essayistisches, »wirkliches« Ende, das indessen wieder musilhaft durch eine ironische Coda relativiert wird. Im »Ernst« des guten Menschen sollte auch unsere Version nicht enden, sondern nur – im Originalton – mit dem »Schatten eines Ernstes«.

Dieser neuen Anordnung sind Kapitel zum Opfer gefallen (Bd. II, S. 1095–1203), die Musil offensichtlich verbessert hat, in denen er sich ausschweifend über den letzten Stand der psychologischen Erforschung der Gefühle ausbreitet und die aus Ulrich einen Schriftsteller, eine Art Arnheim-Surrogat gemacht hätten. »Und so schrieb er nieder, was er gedacht hatte.« Mit diesen Worten endet der – gescheiterte – Versuch Musils, aus Ulrich einen Autor zu machen, im Sinne des Bildungsromans, wie ihn das 19. Jahrhundert pflegte.

Diese in der Hörfassung ausgelassenen Kapitel mögen Musils außerordentliche Belesenheit und Kennerschaft der zeitgenössischen psychologischen Forschung belegen, für heutige Hörer aber sind diese langen Ausführungen, die Musil seinem Ulrich diktierte, zu abstrakt.

Weggelassen wurden auch weitere »Entwürfe aus den letzten Lebensjahren« (Bd. II, S. 1240–1324), die zu verworren, zu fragmentarisch sind oder zu viele Abkürzungen enthalten und für einen Schauspieler kaum sprechbar und für die Hörer kaum zumutbar gewesen wären. Sicherlich gibt es in dem bislang veröffentlichten Nachlaß wichtige Stellen zum Verständnis von Musils Werk, aber hier ging es nicht um Vollständigkeit, die es im übrigen gar nicht gibt, auch nicht um das Fragmentarische im Werk, sondern um die Teile, die in ihrer Korrekturphase am weitesten fortgeschritten waren, also auch dem hohen Anspruch Musils an Stil und Präzision noch am ehesten entsprechen, und die zudem in sich schlüssig sind. Es sollte eine Ausgabe für Hörer und Liebhaber werden, nicht unbedingt für Spezialisten. Aber auch letztere mögen ihre Freude an diesem Hörwerk finden, denn im Mittelpunkt aller Bemühungen steht der Sprecher Wolfram Berger.

Die Lesung des »Jahrhundertromans« von Musil nahm die hr2-Literaturredaktion, das Besetzungsbüro und die Technik – mit Unterbrechungen - über zweieinhalb Jahre in Anspruch. Wolfram Berger kam am 28. Februar 2003 zum ersten Mal in das Studio A des Hessischen Rundfunks. Er hat mit seiner Stimme dem »Mann ohne Eigenschaften« fast unendlich viele Eigenschaften, Qualitäten und Nuancen verliehen.

Die erste Serie der hr2-Lesung wurde von der Kritik mit Hymnen begrüßt. Für die *Frankfurter Allgemeine* war sie ein »Höhepunkt in der jüngeren Geschichte des Genres«. Die *Frankfurter Rundschau* lobte Wolfram Bergers »Sprachkunst«. Sein »leicht melancholischer Vortrag« sei in seiner »Quecksilbrigkeit ideal, um den Anverwandlungen der Musilschen Reflexionskunst zu folgen, die sich in der Psyche eines Schwerstkriminellen wie Moosbrugger ebenso heimisch fühlt wie in den subtilen Ganglien des Großschriftstellers Arnheim«. Noch so raffinierte Satzgefüge mache Bergers Stimme durchsichtig, noch so ungewöhnliche Vergleiche lebendig. Und die *Welt* riet in Anlehnung an eine Empfehlung Lichtenbergs ihren Lesern gar, für die hr-Produktion, deren 1. Teil ebenfalls als Hörbuch bei Zweitausendeins erschienen ist, »getrost sein letztes Paar Hosen zu verkaufen«. Denn »ist man erst in seine Fänge geraten, wird man Beinkleider so bald nicht wieder benötigen«.

Auch die Hörer von hr2 waren begeistert. Ein Hörer empfand Berger »wie perfekt vorgetragene Musik«. Ein anderer lernte durch Berger ein »erstaunlich lebendiges und stellenweise sogar überaus komisches Buch kennen«.

Die Lesung des ersten Buchs des *Mann ohne Eigenschaften* lief in 79 Folgen auf dem Programm von hr2 und rbb, die Lesung des zweiten Buchs lief mit 52 Folgen bis März 2005, den Abschluß sendete hr2 im Herbst 2005.

Man kann das Kürzel *M.o.E.* auch als »Mann ohne Ende« verstehen. Jedenfalls wäre es geradezu vermessen, ein Ende zu setzen, wo nur der Tod den Schlußstrich gezogen und nicht der Autor sein Imprimatur gegeben hat. Einige Briefstellen und Notizen, in denen sich Robert Musil über seine Schwierigkeiten beim Schreiben des Romans äußert, sollen verdeutlichen, warum er den *Mann ohne Eigenschaften* nicht vollenden konnte. Bereits 1905 machte sich Musil die ersten Notizen zur

Konstruktion seines Romans. Und dann schrieb er fast 20 Jahre an seinem Lebenswerk. 1930, im Alter von 50 Jahren, konnte er den ersten Band im Rowohlt-Verlag veröffentlichen. Die Kritik war begeistert. Ludwig Marcuse lobte Musils Buch als »eins der männlichsten, eins der geistigsten, eins der gewalttätigsten, eins der revolutionärsten Bücher, die je geschrieben wurden«. Ein anderer Kritiker nannte den ersten Band des Romans »ein Maschinengewehrfeuer der Ironie. Ein riesenhaftes Panorama unseres Seins«. Aber der Verkauf ging nur schleppend: ganze 1800 Exemplare ein halbes Jahr nach Erscheinen. Dem Rowohlt-Verlag drohte damals der finanzielle Zusammenbruch. Die wirtschaftliche Lage in Deutschland war desolat. Fast sechs Millionen Arbeitslose zählte die Republik. Und Rowohlt konnte Musils Romanprojekt nicht mehr weiter finanzieren. Der Verlag bat seine Autoren um Zahlungsaufschub der anstehenden Honorare. Man gründete eine Art Unterstützungskasse für Musil, und sogar Thomas Mann ließ sich zu einem Lob des »Mannes ohne Eigenschaften« herab. »Dieses funkelnde Buch, das zwischen Essay und epischem Lustspiel sich in gewagter und reizender Schwebe hält, lest es. Es ist wunderbar witzig.« Dieses Lob aus dem Mund von Thomas Mann war für Musil beschämend. Denn er beneidete den »Großschriftsteller« Mann um dessen Ruhm, wie Ulrich den Arnheim im Roman. In seiner Verzweiflung schrieb Robert Musil im Herbst 1932 eine Notiz, welcher der Herausgeber Adolf Frisé die Überschrift gab: »Ich kann nicht weiter«.

In einem »Nachwort-Entwurf«, ebenfalls vom Herbst 1932, den Frisé mit »Vermächtnis II« betitelte, schilderte Musil seine finanzielle Not und seinen Entwicklungsgang als Schriftsteller. Aus dieser Situation heraus bereitete er damals den zweiten Band seines Romans vor, der dann Ende 1932 unter dem Titel *Ins Tausendjährige Reich (Die Verbrecher)* wieder im Rowohlt-Verlag erschien. Eine Notgeburt.

Nur einen Monat nach Erscheinen des zweiten Bandes griff Adolf Hitler nach der Macht in Deutschland und errichtete sein »Tausendjähriges Reich«, und mit diesem hatte der gleichnamige Titel des zweiten Bandes von Musils Roman nichts gemein.

Als Hitler 1938 in Österreich einmarschierte, sah sich Musil gezwungen, ins Exil in die Schweiz zu gehen. Seine finanzielle und soziale Situation verschlechterte sich weiter. Hinzu kamen Schreibblockaden und ständig wiederkehrende Zweifel an seinem Romanprojekt. Immer wieder schrieb Musil ganze Kapitel um, verwarf einzelne und verbesserte andere. Er arbeitete die neuesten wissenschaftlichen Erkenntnisse in sein Werk ein und ließ es ins Endlose ausufern. Dennoch gab Musil die Hoffnung nicht auf, den *Mann ohne Eigenschaften* irgendwie und irgendwann noch abzuschließen.

Am 12. April 1942, drei Tage vor seinem Tod, schrieb er noch einen Brief an seinen amerikanischen Förderer Henry Hall Church. Es war der letzte Brief, der von Robert Musil überliefert ist. Er glaubte sich da noch auf dem rechten Weg, seinen Roman bald abschließen zu können. Unser Schluß ist nur eine Möglichkeit.

RUTHARD STÄBLEIN

NACHWEISE: Seite 2: Musil, Rowohlt-Archiv Reinbek bei Hamburg. 3: Robert Musil, *Briefe 1901–1942*, Reinbek bei Hamburg 1981, S. 1418. 6 u. 7: Selbstporträt Marthas, um 1909, Porträt Roberts, April 1909, Musil-Archiv Klagenfurt; Karl Corino, *Musil,* Reinbek bei Hamburg 1988, S. 129. 8: K. Corino, *Musil,* 1988, S. 388; Brünn, Postkarte um 1927, Archiv BW. 11: Musils Sterbehaus: Genf-Champel, Chemin des Clochettes 1, Musil-Archiv Klagenfurt; Hans W. Schwerin, zit. n. K. Corino, *Musil,* 1988, S. 474. Robert Musil, März 1941, Musil-Archiv Klagenfurt; Fritz Wotruba: »Erinnerung an Musil«, in: *Robert Musil. Leben, Werk, Wirkung,* hg. v. K. Dinklage, Reinbek 1960, S. 401, 403. 14–20: Albrecht Schöne, »Zum Gebrauch des Konjunktivs bei Robert Musil«, in: R. Villgradter, F. Krey (Hg.): *Der utopische Roman,* Darmstadt 1973, S. 371; Loredana Marini: *Der Dichter als Fragmentist,* Musiliana Bd. 8, 2002, S. 49 ff.; Jean-François Peyret: »Von jenen. die auszogen, den *Mann ohne Eigenschaften* zu verstehen«, in: U. Bauer, E. Castex (Hg.): *Robert Musil,* Athenäum, Königstein/Ts. 1980, S. 32 f., 35; Maurice Blanchot: *Der Gesang der Sirenen. Essays zur modernen Literatur,* übers. v. K. A. Horst, München 1962, S. 184, 186; Marcel Reich-Ranicki, *Sieben Wegbereiter,* »Robert Musil. Der Zusammenbruch eines großen Erzählers«, München 2002, S. 180 f., 202; Adolf Frisé, »Unvollendet – unvollendbar? Überlegungen zum Torso des *Mann ohne Eigenschaften*«, in: *Merkur* 11, 1980, S. 1109 f.; Werner Fuld: »Der Schwierige. Zu Verlagsproblemen Robert Musils«; in: *Text und Kritik* 21/22 (1983), S. 60, 62; Karl Corino: *Robert Musil. Eine Biographie;* Reinbek bei Hamburg, 2003, S. 1260 ff.; Philippe Jaccottet: »Musils Traum«, in: *Elemente eines Traumes,* hg. u. übers. v. F. Kemp, München 1968, S. 13, 24 ff. 23: Foto © Wolfram Berger. Schuber und CDs: Musil, Rowohlt-Archiv Reinbek bei Hamburg; Berger, Foto O. Mansutti.

Der Verlag dankt Karl Corino
für die Anregung zu diesem Hörbuchprojekt.

Originalausgabe.
1. Auflage, Dezember 2006.

2 MP3-CDs. Gesamtspieldauer: 27 Stunden 6 Minuten.
Sprecher: Wolfram Berger.
Regie: Hans Drawe.
Redaktion: Ruthard Stäblein.

Produktion: Hessischer Rundfunk, in Kooperation mit dem Rundfunk Berlin-Brandenburg
CD-Herstellung: Brickhouse Tonstudio A. Felsenstein, Laub.

Begleitbuch: Ekkehard Kunze (Büro W, Wiesbaden).
Schubergestaltung: Sabine Kauf, PubliContor, Hamburg.
Satz und Herstellung: Dieter Kohler GmbH, Wallerstein.
Druck: Gutmann+Co GmbH, Talheim.
Einband: G. Lachenmaier, Reutlingen.
Printed in Germany.

Dieses Hörbuch gibt es nur bei Zweitausendeins im Versand, Postfach, D-60381 Frankfurt am Main, Telefon 069-420 8000, Fax 069-415 003.
Internet www.Zweitausendeins.de, E-Mail Service@Zweitausendeins.de.
Oder in den Zweitausendeins-Läden in Berlin, Düsseldorf, Frankfurt am Main, Freiburg, 2x in Hamburg, in Hannover, Köln, Leipzig, Mannheim, München, Nürnberg, Stuttgart.

In der Schweiz über buch 2000, Postfach 89, CH-8910 Affoltern a. A.

ISBN 978-3-86150-675-1